하루의 꽃

하루의 꽃

표영수 시집

문학나무

서시

내 나그네 길의 여정에서
나를 만나
나의 빛으로 숨결로 때로는 노래로
나를 나되게 해 주었던
고마운 이웃들
바람이며 구름이며 산하의 초화들

잊고 싶지 않아
서로 교감하며
마음에 담아두었던 밀어들
틈틈이 그려두었던 그림들
그 세 번째 사진첩을

팔순이 되어서야 펼쳐 내 보인다

이것으로 내가 받은 사랑의 빚이
탕감되기야 할까만
내가 만났던 모든 이들과 만상들
미물에 이르기까지
참으로 고마웠다는
내 사랑의 고백이 되기를 바란다.

2018년
표영수

차례

제1부

하루의 꽃

이 아침
또 하루가 거대한 꽃으로 피고 있네

깊이를 알 수 없는 뿌리
영겁의 가지에 맺혀
날마다 접었다간 다시 피고
또다시 접어 광활한 시공 꽃잎으로 펼쳐내네

부드럽고 따사롭게
맑고 환히
꽃잎 겹겹 포개어진 빛만으로도
찬란하고 눈이 부시네

성결해야 하리
발에 흙
날개에 묻은 먼지 털어내야 하리
이날 하루 무구無垢한 섭리의 꽃으로 다시 핀
광휘 앞에 우리는
이 꽃술에 맺혀 꿀을 따는 벌이거나 나비이거니.

푸른 시인

새벽 버덩
안개 속을 삽 하나로
굳은 땅 갈아엎어
검은 씨앗 뿌려두고

이랑 고랑
행간을 넘나들며
북도 주고 김도 매고
벤 곳은 솎아내고 빈 곳은 메꾸어

삽날 묻은 흙을 털어 모아
꽃도 빚고 잎도 빚고
진 날 갠 날 엎드려
땀방울로 열매를 달아내는

등산로에서

오늘도 걸었네
외진 길 따라
가슴에 파고드는 바람
옷자락으로 감싸 안고
턱에 차오르는 숨결 침 삼켜 눌러가며

풀잎을 만나면 풀물에 눈을 씻고
새 소리 풀벌레 소리 휘파람도 같이 불며
오르막길도
내리막길도
모롱이를 만나면 모롱이를 품어 안고

눈 비 오면 오는 대로 억척스레 등에 지고
허리를 접었다 폈다 가쁜 숨 몰아쉬며
참 많이도 올라왔네
머리칼이 하얗도록
어디쯤 내 쉴 곳 기다리나 아직도 올라가네.

후회

주눅 들어
목을 빼고 살 일은 아니었는데
촉수를 곤두세워
그렇게 뾰족하게 살 일도 아니었는데

그때나 지금이나
자고새면
동천에 떠오르는 해는 하나였는데

어깨를 늘어뜨리고
땅이 꺼져라
한숨으로 젖은 걸음 걸을 일은 아니었는데

까맣게 먹칠했던 밤
하얗게 지우느라
얼마나 숱한 밤 뜬눈으로 지새웠던고

아 여기저기
내가 탕진해버린 시간들

해는 한날도 빠짐없이 동쪽에서 서쪽으로
여축없이 내 어깨를 다독이며 지나갔는데.

별 밭에서 헹구어내는 영혼

겨울숲
헐벗은 키다리
낙우송 밭에는
밤마다 성탄절 행사가 벌어지고 있다

일천 오백 광년 내달려온
오리온 성좌며
북극성 북두칠성 카시오페아
하늘의 성군 다 어우러져
크리스마스 트리 만들고 있다

바람이 가지를 집적일 때마다
쟁그랑쟁그랑
수 억만 캐럿 금강석
나를 흔들어깨우는 오색 종소리
흐린 눈을 씻어내고
귀를 닦아내고
때 묻은 내 영혼 씻어낸다

밤 어두워 깊을수록
온 몸 시려 아려올수록
헐벗은 키다리 낙우송
그 별 밭에 들어서면.

밭을 매다 보면

밭을 매다 보면
내 마음이 보인다
뽑아내고 뜯어내고 덮어봐도
돌아서면 시퍼렇게 돋아나는 잡초

부질없는 근심 걱정
뜬구름 허욕
달래고 누르고 갈고 닦고
다독여도

잡초를 뜯다 보면
밑도 끝도 없이
하얗게 도사린 욕망의 뿌리
내 마음 숨은 속이 보인다.

배추벌레 파란 꿈

배추벌레 식단에는
배추밖에 없다
배추벌레 밥상은
밥도 국도 찬도 같아서
숟가락 젓가락이 따로 없다

머리에서 발끝 뼈대며 내장
전신에 파란 피가 될 때까지
앉은 자리 선 자리 앉고서는 처처마다
무더기무더기 파란 자국 남을 때까지

어둡고 습한 터널 빠져나가는
배추벌레 사전에는
낮과 밤이 따로 없다

배추 포기 속으로 출가를 했다
해탈을 꿈꾸며
파란 머리 승려 산 속으로 산 속으로
더 깊이 파고들 듯.

뻐꾹새 소리

의붓어미 둥지에
알 하나 안겨놓고
언제쯤 깨어나나 행여 빼앗길라
새벽 대낮 시도 때도 없이 불쑥불쑥
너는 뻐꾸기야 너는 뻐꾸기
뒷동산 오리나무 주변 맴돌며 주문 외우는 소리

초여름
치솟은 뒷산 녹음 위로
내려앉는 하얀 꽃구름
뭉게뭉게 밀어올리는 소리

유월
뜨락 담장 아래
입 다문 채
덩어리진 모란 꽃봉오리
송이송이 터트려 피워내는 소리

떠났다간 미덥잖아 되돌아와 또 다시 재촉하는 소리.

매미

머잖아
들끓는 이 폭염도 쓰러지고 말것다

날이 채 밝기도 전부터
숲이란 숲은 다 차고 앉아
쏴악쏴악 밀었다 당겼다
쓰름매미
사력을 다해
삼복 밑둥을 썰어내는 소리

개발 붐에 단지 하나
들어설 때마다
울울창창 앞뒤 산
통째 쓰러뜨리던 기계톱 소리

별 수 없이
올가을도 누렇게 톱밥으로 둘러싸이고 말것다
여름 절정
숨이 차 쎅쎅 막고비 넘기는 톱질 소리

매미 허물

여름
한나절
왁자지껄 어울려
세상 풍미하던 친구 다 떠나고
텅 빈 속 오장육부
그마저 다 빠져나가고

무슨 미련 남아
아직도 움켜쥐고 있나
엄동설한
마른 가지
쥐면 바스러질 집착의 허울 저 억센 발톱으로.

그때 그 차

그때
그 차
놓치길 잘 했지

다음 차 기다리느라
남의 추녀 밑
내리는 비에
옷은 좀 젖었지만

뒤 차
그 속에서
너를 만날 줄이야

그때
그 차
놓치길 정말 잘 했지.

제2부

먹이사슬

헛간 추녀 밑
새끼 두 마리 까놓고
먹이 사냥 나온
박새 한 마리

나뭇가지며 거름 자리
마당가 해 그림자까지 뒤지더니
나무 그늘에 쪼그리고 앉았던
고양이 발톱에 그만

날 선 양날 톱니에 물려가면서도
입에 문 벌레 놓지 못하고
꺼져가는 불빛
희멀건 두 눈에 담겨있는 둥지 속 노란부리들

어느 날 선 작두날이 있어
끊을 수 있다하리
이 길고 질긴 인연의 고리를.

거미집

어디서든 집을 짓는다
그곳이 헛간이건
남의 추녀 밑이건
아랑곳없이

때로는 푸른 초원
나뭇가지 사이
별빛 아래에서도
그 빛도 찬란하게 은사슬로

한 생애
물레질로 엮고 또 엮어
곱게 그물로 매달아 놓은 사념의 실오리
웬 바람은 그리도 부는가
찢기고 뜯긴 채 허공에 춤을 춘다
숭숭 구멍 뚫려 끈끈히 뒤엉킨 아 욕망의 허구.

고무바퀴와 깃털새

찜통더위
산골 물소리에 하루를 식히고 돌아오던 날
무쏘 아니면 들어설 수도 없는
짙은 풀숲
거의 다 묻혀버린 임도에서

어디선가 느닷없이 날아온 작은 산새 한 마리
좁은 길 한복판 차 앞에서
연신 날개를 펄럭이며 길바닥에 구르다 앉았다 떴다
수십 미터 한참을
서서히 차를 끌고 내려오다 날아가버린다

풀 숲 어디쯤 새끼 든 둥지 하나
매달아두지 않고서야
어찌 치어죽는 것도 두렵지 않다는 듯
굴러가는 무쏘 발통 앞에서
 필사적인 지략과 묘기로 우리의 주의를 분산시키려
했을까

수 천 누대
콩알 만한 새 가슴들이
얼마나 콩닥거리며
이어놓은 끈들일까
숲을 흔드는 저 새소리

누가 모자람의 수사를 새대가리라 했던가
위험에 대처하는 생존본능이여
거룩한 모성의 발로여.

어디쯤 가고 있을까

간밤
태풍 지나가며
앞산 푸른 골에
찍어 놓은 사태 발자국

골목 시멘트 포장길에
종종종 박혀있는
고양이 발자국

세월 지나가며
내 이마 위에
골을 파고 그려놓은 주름 발자국

머물다 간 흔적들은 이리도 선명한데
지금쯤 그 바람들
어디쯤 가서 쉬고 있을까.

해변

물살 빠져나간
갯벌은 아른아른 아지랑이
전신에 수놓인 실핏줄
사라질 듯 굽어돌아 휘어지다 이어진
끝도 없는 줄무늬

바다
가슴 위로 열어놓은 외길 수평선
가도 가도 닿을 수 없는 하늘
떠났다간 돌아오고
또다시 떠나 지쳐 돌아오길
수천 만 번 수억 만 번

눈 비 바람 그믐에도
한 길 얼마나 누볐으면
발바닥에 묻혀 와 쌓인 미금
해변은
그리움이 앙금으로 새겨놓은 바다 발자국.

바람이 몸속에 길을 낼 때

신문지를 감고
포대기에 담긴 채
골방에 들어있는 무
바람 들어 그 속은 터널이요 골다공증이다

맨발을 땅에 묻고
뙤약볕 장대비
밭고랑에 서 있어도
쑥쑥 속 차올라 밭고랑이 비좁더니

봉한 문틈
불 지핀 방에서도
바람 난다 바람 난다 무릎 감싸 안으시는
우리 할머니

풀벌레 소리 귀뚜라미 소리
송신해 못 산다고 귀 후벼 파시더니
이제는 전봇대 우는 소리 난들이 무섭다고
방 안에 앉았어도 집에 가고 싶다고

지금 밖엔 한창

복숭아꽃 살구꽃

봄볕 다투어 눈이 부신데.

아침해

누가
말갛게 닦아 또다시 내걸었을까
아침이면 창 앞에 걸려있는 눈부신 해

까만 밤하늘
걸레질하느라
송글송글 땀 맺혀 젖어있던 수많은 별들

미세먼지 오염 우리가 때 묻혀
서산 넘어 묻어버린
눈시울 붉던 해를

누가 또 다시 꺼내어
환하게 씻고 닦아
온 세상 다 비추게 저리 높이 달았을까.

보름달

지위내고
지위내고
사라지는가 하면 내 백사지
다시 돋아나는

눈을 감아도 떠도
생의 우듬지 촉수 끝에
환하게 밝아와 내 혼을 싸고도는

살아생전
끝내
못다 지워내고야 말
내 이 지독한 그리움은

붕어빵 그때 그 온기로

오십 년도 넘은 그 이전
진눈깨비 바람에 뒤엉키고
아래턱이 까불리는
비선거리 지나오는 시오 리 하학길에
가슴에 품어와
그가 꺼내주던 종이 봉지 속 따끈하던 붕어빵

혼자 걸어 온 숱한 겨울 시린 혹한에도
길 가에 팔고 있는 붕어빵
보기만 해도 그때 남은 온기로
내 마음 화덕 앞에 앉은 듯 달아오르고
전류에 쏘인 듯 더워오는 피

빨래가 부러운 날

모공을 있는 대로 다 열고
김을 뿜어내도
전신이 달아올라 살이 익는 가마솥
이런 날엔
물통에 들어앉은 빨래나 될 걸

음지로 음지로 파고드는
두더지가 되느니
바지랑대 밀어올린 높이
타는 햇살에
솔기 사이 숨어있던 묵은 때
헤집어 발라내는 빨래나 될 걸

젖었다 말랐다 또다시 젖을지라도
빨래줄에 매어달려
눈물어린 고해성사
습진 것 다 헐어 지우고 사지에 날 세우는
이런 날엔 차라리 빨래나 되어 볼 걸.

빨래가 부러운 날 _ 2

빨래줄에 매달려
몸피를 줄이고 있는 빨래

땡볕에 말릴수록 귀가 살아 펄펄하고
빛살에 태울수록 하얗게 바래 밝기가 대낮이다

생의 바지랑대 위 곡예를 하는 우리들
더러는 돈줄에 목이 묶여 어깨 처지고
밥줄에 매달려선 까맣게 속이 타는데

바람 앞에서도 펄럭펄럭 깃발 흔드는
매달리기 선수
오늘 같은 날은 차라리 빨래 네가 부럽다.

제3부

복수초

어느 궤도를 달리다 이탈하여
떨어진 별들이기에
이리 소복하게 내려 눈 위에 반짝이고 있나

봄기운이라고는 아직 기척도 없는 시린 땅
내 얇은 입김에도 쟁강거리는
아린 별의 저 눈빛

한 움큼 따다가 불 꺼진 창에 매달아 놓고 싶다
인고의 화신
봄 마중 나온 희망의 사절 강철로 된 샛노란 꽃이여.

진달래꽃

벚꽃길 달리다
차창 밖을 내다보니
도로변 산기슭 소나무 그늘 아래
힐끔힐끔 내다보며 진달래꽃 하는 말이
"그땐 내가 참꽃이었는데……

서산 불그레 노을 불붙기 시작하면
동구 밖 방천 둑 소 요령 소리 앞세우고
작은 머슴 큰 머슴 나무 짐에 얹혀
때로는 지게 다리 혹은 바지게에 꽂혀
이끼 낀 돌담 돌아 안마당에 들어섰지

주인집 큰아씨 작은아씨
날 서로 받아 안으려고
발에 신 걸칠 틈도 없이 버선발로 뜰에 와락 내려섰
지
복숭아꽃 살구꽃도 좋았지만
누가 뭐라 해도
정말이지 그때 그 호시절엔 내가 참꽃이었는데."

황매산 철쭉꽃

오월
어느 하루
황매산 철쭉꽃 구경을 갔다가
높은 산마루 하나 가득
철 철 철 철 흘러넘치는 활화산
용암 물결만 보고 왔네

살은 타지 않아 멀쩡한데
목이 먼저 타
벌컥벌컥 찬물 들이키며 아쉽게 돌아왔네
내 심상에 박혀버린 화상이
어찌나 뜨겁던지
지금도 내 마음에 뻘겋게 남아있네

너를 처음 만나 도장 찍던 그날 그때처럼.

달맞이꽃

무슨 약속 숨은 사연 저리 깊기에
무엇이 저리도 사무치기에
해지는데 달 맞으러 길을 나서나

달빛 너울 이슬밭에
뜬 눈으로 한자리 밤을 지새나

사모하다 정이 들면
같은 물이 드는가
물이 들면
색깔도 따라 닮는가

수줍고도 여린 자태
갓 태어난 햇병아리 노란 물이 들었네
이슬 맺힌 맑은 얼굴 웃음마저 샛노랗네

내 마음은 언제쯤 쪽빛 물이 들꺼나
하늘 호수 저 깊이에 빠져들꺼나
끝도 없는 내 이 하늘바라기.

달개비꽃

그리움에 목을 뽑다
하늘 물이 들었는가
외딴 두메 가람 가
이슬 밭에 아미 여는 파란 꽃이여

쪽빛 치마 노랑 저고리 고풍스런 의상으로
행여 오늘은
입술 지그시 반만 깨물고
귀 문만 열어논 채 젖어있는 눈

해도 지고
타던 노을 재로 삭아 내리는데
눌러앉은 한 자리 뜰 줄 모르고
또 하루 아미를 닫아야만 하는가
외로운 넋이여 기다림에 지쳐 파랗게 멍이 든 작은
꽃이여.

칸나꽃 소추

튀는 박동소리로
심장을 달여 내며
절정을 향해 치닫는 열정

생의 스타디움
열화 속
뜨거운 함성으로 피어있는 꽃이여

불을 밝혀라 더 높이
가슴 한복판 성화대 위에서
쉼 없는 횃불로 타오르는 사랑이여

나를 데워내라
꺼질 줄 모르는 불씨로 더 뜨겁게
생의 종언 마지막 막이 내릴 때까지
나 머물었던 자리 그림자 지워내며 더욱 환하게.

앉은뱅이꽃

묵은 돌담
끼고 돌아
막다른 골목

앞으로 배 내어 밀고
뒤로 등이 굽은
외딴집
섬돌 밑엔

턱을 괴고
쪼그리고 앉은
앉은뱅이꽃

해 다 지고 황사바람 날은 저문데
산모롱이 돌아가선 돌아올 줄 모르는
오매불망 혼자 두고 떠나가신 오메 생각에.

접시꽃

비 속을 걸으며
길가에 서 있던 너를 생각한다
먼지를 뒤집어쓰고
한낮을 태우느라
빨갛게 익어있던 네 얼굴

길가에다
줄지어 세워둔 옷걸이
꽃대궁 삼아
울긋불긋 크고 작은 옷가지들 매달아 놓고

등 뒤에서 네 이름 부르는 나를
펄쩍 뛰어 놀라며
뒤돌아보던 너의 그 큰 두 눈
헤어지던 그때처럼 두 눈에 차오르던 눈물

삼교 건너 삼거리
오늘은 비가 오는데
네가 펼쳐 매달아 두었던 옷가지들

사라진 그 자리

젖을수록 펄펄한 접시꽃만 색색이 줄 지어 늘어서 피
어있다.

아마릴리스꽃

불이 붙었습니다
전후좌우 상하 모공까지 다 열고
혼신의 사력으로 자기를 불태우는
아마릴리스

살점 튀는 분신 언저리
기름 끓는 냄새
검붉은 저 화염
차마 근접할 수 없어

개미 한 마리 나비조차
얼씬도 못하는
염천 꽃대 위 내려꽂힌
빛의 촉수에 터져버린 활화산

누굴 바라 그렇게 타오르는가
맹렬이 타오르는 열망의 꽃이여
신의 은총 중 가장 뜨거운 꽃이여.

케일밭에서

우리 집 채소밭의 케일은
나보다 먼저 벌레가 먹는다
자벌레가 갉아 먹고 달팽이가 핥아 먹고
마지막에 갈비뼈에 붙은 푸른 살만 내가 먹는다

하기사
밥을 펄 때도 밥상을 차릴 때도
할아버지 먼저 어른 먼저
먹는 것일수록 서열이 있기 마련이지

푸성귀는 셋째 날에
벌레들은 다섯째 날에
사람은 여섯째 날에 생겨났으니

하루 볕이 어디며
한 어머니 품에서 자란
동기 간끼리도 서열은 있게 마련이니.

눈 뜬 장님들

처서 지난 골목
감나무 밑
땅에 떨어져 터져버린 감 홍시 위엔
어디서 몰려왔는지
벌 나비 파리 코를 처박고 머리를 들이민다

달콤한 금빛
공 떨어진 것이라면
그곳이 늪인지 수렁인 줄도 모르고
꿀인지 독인지도 모르고
지나가는 차들 길인 줄도 모르고

한 발 들여 놓나 했더니
두 발 빠지고
발버둥치면 칠수록 온 몸에 달라붙는 끈적한 진액
기어이 날기를 접고 마는 저 날개

코앞은 보면서도 한 치 앞은 안 보여
줄줄이 엮어가는 진흙탕의 투사들.

제4부

봄비

하얀 명주실로
풀리는
삼월 봄비는

지각을 열고 막 나온 여린 신생들
그 목을 축여주는
산모의 첫 수유

새싹에 스미는 초유初乳
저 면역력의 위력
풀잎을 일으키고
나무와 나무 시퍼렇게 세워내면

경이와 비경에 웅성거릴 숲
그 숲에 들어
언젠가는 나 등 눕혀 평안하리

혈맥에 들어 나를 데워낼 순환의 붉은 강물

봄이 오는 길목에서

먼 산 흰 두건 벗고
저리 활짝 웃는 하늘

산수유 벙그는 노란 부리
봄은 솜털 아직 병아린데

햇살은 골목 가득 고봉으로 쌓이고
목련 가지에는 줄져 늘어앉은 하얀 비둘기

추녀 끝 흘러가는 구름 그림자
나도 몰래 매달려 따라가는 눈
행여 그 목소리 왼종일 문 밖에 세워 두는 귀

사월은

지뢰가 묻혀있는
회색지대

햇살
밟고 지나가는 발자국 따라
크고 작은 폭발음
피어오르는 꽃불 하얀 연기

천지사방으로 튀는 불똥
뒷동산 소나무 그늘
진달래 밭이며
벚꽃 텃밭 살구나무 복숭아 꽃잎 위까지

비가 듣는대도
마당가 꽃잔디 밭에는
꺼질 줄 모르고 날아다니는
빨간 불티 어지러운.

봄 상추씨는 가을에

땅이 풀어지기 무섭게
이랑을 짓고
씨를 뿌려 서둘렀지만
싹이 터고 촉이 날 때쯤은
옆집 분돌이네 바구니에서는 벌써
씻은 상추 잎에서 물방울이 떨어지고 있었다

싱그러운 봄맛을 남 먼저 즐기는
그 집 밥상을 보고
나는 다짐했다

올 가을부터는 나도
호미 날을 세우고 상추씨 미리 뿌려두어야지
마른 풀잎 끌어 모아 두둑도 덮어야지
그리고 봄이 오기를 기다려야지

부러워하거나 시샘할 일 아니지
모르면 묻고 또 물어
배우고 또 고쳐야지

때 늦은 뒤에야 후회로 점철하는 게으른 내 이 무지를.

여름 한낮

온 몸에 힘을 싣고
바지랑대 위에 앉아있는 잠자리 한 마리
여름 한낮을 끌어당기고 있다

다리를 뒤로 쭉 뻗대보지만
위로 딸려 올라가는 바지랑대,
양옆 빨래들도
위로 치켜 올라간다
내 목도 딸려 올라간다

오늘 한낮 우주의 중심축은 저 잠자리다
햇살의 과녁받이
무게도 부피도 색상 다 지워
힘으로만 투명한 망상網狀시맥翅脈

당기고
버티고
여름 한낮이 팽팽하다.

녹음

풀어내 보이고 싶었겠지
소리치고도 싶었겠지
누르고 다져 안으로 안으로만 움켜 응어리진 사연
속으로만 달였으니 끓어오르겠지
눈보라 휘어 감고
한 자리 못 박힌 채
지난 세한 났으니

등을 감싸 안고 다독이는
햇살 만나
물살로 쏟아내고도 싶었겠지
거센 물결 밀려오는 파도소리
나무들의 저 함성

속에서 들끓던 피의 과시
살아있음의 반증
치솟는 불길 내어 뿜는 저 용암의 분출은
내일을 향해 무리지어 날아오르는
나무들의 비상 또는 그 시퍼런 날개짓이니.

날아간 텃새 한 마리

손발 다 뻗어 누워봤자
돗자리 한 장 넓이면
넉넉했었지

해 뜨기 전부터 어둑발이 들 때까지
감잎만한 발바닥
장독대며 뒤란으로 텃밭으로
동동거리던 그림자

평생을 눌러 산
대밭 밑 낮은 집
언제 가도 반갑다고 두 손 맞잡고 흔들며
이래저래 다 떠나고 사람이 귀하다고
외로움 실타래로 풀어 헤쳐 놓더니

남은 진액 다 뽑아 시퍼렇게 일구던 뒷밭 긴 이랑
염천 폭염 새하얗게 이불 펴 깔고 누어
깃털 하나 남겨두고
어디로 날아갔나 텃새 한 마리

〉
홍얼홍얼
산새 들새 어우러져 즐겁다더니.

목마른 날의 주문

날이 가물다
하늘이 가물다 하늘 속 구름 가물고 비 가물다
산 가물고 들 가물고 물 가물다
나무 가물고 잎 가물고 꽃 가물고 열매 가물다
새 가물고 예쁜 새 노래 가물고
소 돼지 노루 토끼 가물다

식탁 가물고 집 가물고 나라 가물다
밥 국 반찬 가물어 목 배 창자 가물고
마음 가물고 사랑 가물고 평화 가무니
목숨 따라 가물고
너와 나 사이가 이리 가물다

하나님 제발
가뭄 가물고 가문 날 가물어서
가문 배 가문 목숨 눈물 가물게
우리를 도우소서
백신도 없는 이 돌림병에서
우리를 구하소서 풀어 주소서.

더위를 구박하다가

덥다 더워
더위 너무 구박마라
덥다고 들어선 이 그늘은
어느 힘이 길러낸 나무 밑이더냐

머잖아 저 해 남녘으로 발길 돌리면
앙상한 남은 가지
손에 입김 불어대며
그래도 발 벗고 지낸 그 시절 그립다 아니하랴

힘들고 벅차다고 오늘 하루 지겨워들 마라
지나고 보면 그래도 그 때가 좋았다고 아쉬워지는 것
을
매 하루 딴 날보다 귀하고 좋은 날은
어제도 내일도 아닌 오늘인 것을.

폭우

골목골목 쓰레기 더미 쌓여가고
황사 매연 미세먼지
눈 코 목이 매캐할 때
논두렁 밭두렁 제초제로 벌겋게 타고 있을 때

조그맣게 일기 시작한 구름 파도
겹 질러 포개지며 뭉게뭉게 부풀어
시꺼멓게 산 넘어 올 때

그리도 푸르던 하늘 깊은 눈
회색빛 수심 깊어 올 때
눈치챘어야 했어

언젠가 기어이 봇둑 터지고
머리위에 폭포수 쏟아져
맨땅에 배 띄울 수도 있다고

간담 서늘하게 젖어 가슴으로 올라붙을 수도 있다고

가을 햇살

만 가닥 미세한 바늘 끝으로
나락 논이며 콩밭 배추 여린 잎
길섶 이름 모를 잡초에 이르기까지
따가운 침을 꽂는다

스스로를 녹여낸 진기 차곡차곡
쭉덕한 껍질 속에 채워 넣는다
영원을 이어갈 생기
배아 생성의 지엄한 현장

저러다 햇살은 진기 다 빼앗겨 기력 쇠잔해 기울지라
도
머잖아 온 들판 부풀어 오르겠다
황금빛 옷 갈아 입고 눈이 부시겠다
기름진 윤기 더없이 넉넉하고 모두 배 부르겠다.

제5부

풀과 나무의 집

나는 지금도 가을밤엔 그곳을 찾는다
그곳엔 아직도 화석이 되지못한 고전이 있다
달빛 휘장 아래 풀잎 숨죽이는 소리
주먹만한 별들 서로 비비적거리다 유리알로 부서지
는 소리
천길 어둠 속을 겁도 없이 수직 낙하
공중 곡예 중에 뛰어내리는 별똥별

방아깨비 귀뚜라미 여치 딱딱이 사마귀 이름 모를 벌
레들
조상 누대 이어받아 간직해 온
현악기 타악기 금관 목관악기
밤이 깊어가는 줄도 모르고 어우러지는 협연

이 문명시대 농약 한 방울 구경 못한 풀밭에서
종횡무진 꽁무니에 불을 켜고
가을밤을 수놓는 개똥벌레
무디어진 감성 먼지 낀 혼을 닦아내려
지금도 나는 태고가 숨 쉬는 풀 나무 집에 간다.

달래강

달빛을 두르고 내가
이 둑길 밤내 걷고 있는 것은
흐드러지게 피어 길을 밝히는 달맞이꽃 때문만은 아
니다

이슬에 젖어 강둑에 서 있던
지울 수 없는 네 그림자 때문만도 아니다

억만 성좌를 끌어안고
세월을 질러가는 시퍼런 저 울음소리

아직도 못다 빠져나가
내 가슴에 와 출렁이는 이 강물 소리.

달래강의 달

칠흑 어둠 구르고도
때 타지 않는 달아
밤마다 달래강에
내리는 달아

강물에 넋을 심고
허공에 떠는 달아
아쉬움에 미련남아
되살아오는 달아

내 가는 길
시오리 달래강 둑
행여 어둘세라
밤마다 등불로 밝히는 님아.

달래강의 오리온

달래강 둑길
함께 걷던 밤
천 오백 광년 내달려온 오리온성좌
손가락으로 가리키며
내게 말했지
사랑이란 변치 않는 영롱한 별이라고
저 별은 언제고 우리가 만날 다리라고

꽃길 젊은 날도
철석같은 맹세도
다 흘러 멀리 가 돌아올 줄 모르는데
이 밤도 저 별 넘어 혼자 날 기다리나
찬 하늘 눈이 시린
오리온 저 먼 다리목에서.

낭수대 연가

낭수대 우거진 솔숲에 드니
나는 자꾸 눈물이 나더라

검정치마 하얀 저고리 고무신 신고
소나무 둥치 끌어안고
돌아가며 차례대로 사진 찍던
단발머리 순복이 희자 숙이 생각

울울장송 소나무 아래
달그림자 밟고
푸른 꿈에 취해 손잡고 거닐던 임 생각 나더라

수십 년 그리움으로 다시 찾은 낭수대
둥근 섬 휘감고 돌던
그 깊고 푸른 물
지금은 모래로 채워 개간한 과수원이 다 빨아먹고

솟을바위 꼭대기에서
동네 아이들 웃통 벗고 물속으로 뛰어내리던 그 깊은

소
　　말뚝으로 둘러놓은 우리 속
　　검은 염소 몇 마리 고삐에 매여 울고

　　수 십리 뻗어 눈부시던
　　하얀 모래밭 풀만 짓어
　　볼볼볼볼 그 많던 도요새는 어디로 다 가고
　　물 위를 나르던 새 한 마리 보이지 않더라

　　아 달밤에도 저 혼자서 잘만 돌아가던
　　물레방아 소리 이제 사라지고 내 가슴만 이리 쿵덕거
리는데
　　지는 해 노을은 예대로 붉고
　　솔가지 사이에서 몰려나온
　　시퍼런 바람만 날 반갑다고 옷자락 붙들고 놓을 줄을
모르더라.

낭수대 연가 _ 2

— 물방앗간

그리던 내 고향
낭수대 돌아와 다시 서니
솔숲은 예대로 푸르러 청청하고
서쪽 벼랑 위 너럭바위
지금도 제 자리 눌러앉아 넓고 평평한데

한밤중에도 굴통 굴리며 잘만 돌아가던
물레방아 심장 박동소리 들리지 않고
물방앗간 간 곳 없네
간간이 흐르는 물소리 내 가슴만 혼자 뛰네

나락가마니 보리가마니 지고 나르던
윗 땀 아래 땀 어르신들
광목치마 어석이던 동네 아줌마들
설 명절 다가오면 머리 위에선 가래떡 함지에 김이
솟고
온 동네 참새떼들 다 몰려 재잘거렸지

아름드리 팽나무 아래 나지막하던 스레트 지붕

그 뒤로 난 까만 정지 문
하얀 바가지 동동 띄우고 이고 가던 물동이
빨간 댕기머리 얌전하던 그 친구
웃음지을 땐 양 볼에 우물 깊었지

달 밝은 여름밤 홈통 옆 모래밭에 둘러앉아
끝도 없는 이야기꽃 밤 깊은 줄 몰랐었지
꿈 많던 그때 그 친구들
지금은 어느 곳에 무얼 하는고
다 떠나 흔적 없네 보이지 않네

아 속도 없는 저 매미소리 왁자하게 날 붙드네
나만 홀로 망부석이네.

내 고향엔

잔디 다 바스러지도록
등 기대 비비적거리던 언덕이 있습니다

두둑한 가슴 활짝 열고
아침 햇살 다 불러와
풀섶 이슬 걷어내고
건들바람 불러다
구름떼도 밀어내며
가랑비 장대비도 품어 안아 꽃 피우던
노을도 달빛도 쉬어 가던 곳

습한 바람 안개비만 스쳐도
걸핏하면 젖어 축 늘어지는 내 마음
달려가 등 기대 말리고 싶은
꿈길에도 날 불러 끌어당기는 언덕
자애로운 고향 언덕
영원한 나의 어머니가 있습니다.

뻐꾹새 우는 날엔

큰골
뒷산
꽃구름 피어오르고
뻐꾹새 구슬픈 날엔
그 아래 삐딱밭
감자밭 생각난다

감자 캐다 말고
감자알 같은 삼남매 치마폭에 담아놓고
먼 하늘에 넋이 빠져
감자밭골 퍼질고 앉았던
고모 생각난다

또 저 놈의 울음소리
연신 찬물 바가지로 들이키며
목구멍에서도 뻘컥뻘컥
뻐꾹새 소리 내던
손톱 닳아 반만 남은 큰고모 생각난다.

시린 자리

덮고 가리고 메워도
어디론가 배어드는 누수
지붕 뚫린 자리

겹쳐 입고 뒤집어쓰고 이를 악물어도
불 지펴 난로 곁에 몸 데워 앉았어도
속에서부터 비집고 나오는 이 한기

때마다 마주하는 넓은 자리
그릇 그릇 더운 김이 아무리 솟아나도
혼자 앉는 밥상머리
그림자만 덩그런 너 없는 빈자리

옷

존재하는 모든 것은 다 자기 옷을 입는다
하늘은 하늘의 옷을
땅은 땅의 옷을

동물은 동물의 옷을
식물은 식물의 옷을
새의 옷을 꽃의 옷을

그들은
자기 옷은 자기가 지어 입는다
그들은 주어진 단벌 옷에 자족하며
남의 옷을 탐하거나 빌려 입지 않는다

옷은 기능이기도 하지만 구별된 종의 특징이요
자기표현이며 고유한 품격이다
자기 집이다
그러나 사람은 남이 지은 옷도 입는다

그들은 죽기 전에는 옷을 벗지 않지만

사람은 벗기도 한다.

날개의 변

내게는 왜
날개를 주시지 않았느냐고 원망하지 마라
날개를 달았다고 다 새가 되는 것은 아니다

창공 높이 고고한 목을 뽑고
대륙도 대양도 넘나드는
새로 물론 학도 있지만

빛을 등지고 음지로 음지로만 파고들어
습한 그늘 울음으로 채우는 귀뚜라미는
날개는 달았지만 새는 아니다

퉁방울 같은 눈 푸른 날개짓에도
쓰레기 더미나 오물 냄새 위로만 몸을 내리는
저 미물은 파리일 뿐
날개는 비록 겨드랑이에 붙었지만
눈이 가는 곳만 따라 날고
눈은 얼굴에 붙었지만 먹을 것만 보고.

제6부

가을이 시원해 오는 것은

가을이 불을 질러
산야를 태울수록
씨알들이 익어
사방으로 튈수록

가을이 더욱 시원해 오는 것은

서 있어도
모두가 머리를
저 깊고 푸른 하늘 호수 속에
담그고 있기 때문이다.

고추잠자리

산책로 옆
원추리 꽃대 위
고추잠자리 한 마리
따가운 햇살에
두 눈을 크게 뜬 채 낮잠에 들었다

여름이 한고비를 넘기느라
막숨을 쉴 때쯤
시골 마루 귀틀이나
담장 위 호박넝쿨
마당 한가운데 쳐놓은 빨래줄에 앉았다 떴다
떼를 지어 몰려다니던 고추잠자리

벌써 조것들 빨갛게 뜨는 것 보니
김장 배추 씨앗 뿌릴 때가 되었구나
우리 할머니
텃밭 잡초 뜯어내고 두둑 짓느라
숨 돌릴 틈도 없이 바쁘셨는데

이 골목 저 골목 몰려다니며
빨간 우체통
전령 노릇 하느라
그때는 고추잠자리 참 대견했는데

벽마다 월력 걸리고
포터에 든 모종을 사다 심는
계절이 따로 없는 시대를 만나
고추잠자리도 실직을 했으니
어디 구석진 곳 찾아
눈도 감지 못하고 뜬눈으로 낮잠이나 청할 수밖에,

불타는 단풍나무 숲길에서

더는 오를 곳이 없는 절정에 이르러
홍포를 둘렀으니
이곳이 바로 꼭지점 아니더냐

마디마디 터져 나오던 깨알 같던 눈
뜬눈으로 이슬 받아
키를 세울 땐
꽃바람 숱한 나비
다투어 깃들이던 새들 둥지

온 몸에 단내 풍기며 비집어 올라온 길
그늘진 날인들 어찌 없었으랴
살을 태우던 폭양
잦은 눈비 속

이제 더는 뒤돌아보거나
아쉬워들 마라
떨켜에 매달려 시간도 구걸 마라

먼데 산바람 이는 소리
푸르러 창창하던 날도 북새 들면 가뭇없나니
으스러지고 바스러져 진기 다 빼앗기면
왔던 길 다시 되돌아가야하는
거스를 수 없는 이 순환의 고리를.

겨울들판

베어내고
털어내고
아린 바람 비질 다 쓸어내고
무슨 간망懇望 진한 기원 아직 남아있기에

저리 깊이 엎드려
일어날 줄 모르나
오체투지五體投地 몸을 낮추나
사루어내야 할 생명 불씨
땅에 떨어트린 여린 씨알들.

겨울숲

책 읽는 소리
웅성거리더니
겨울숲
독후감을 써 놓았다

봄 여름 가을 겨울
읽어 내려오던 긴 장편
숱한 이야기들

조목조목
간추려
줄거리만 일목요연
뼈대만 세워.

눈 오는 날에

눈이 참 많이도 내려
길은 막히고
딱히 누굴 만날 약속도 없어
창 앞 찻상 머리
따끈한 차 한 잔 정중히 따라놓고
스쳐 지나기만 했지 마주하기 참 힘들었던
나 자신과의 독대를 청해 보기로 했다

쳐다보기만 해도 내장까지 비춰주던 맑디맑던 하늘 거울
때 타 날로 희미해 가는 요즈음
자애로운 손길 닦으시고 지워내시는가
지우개 가루 이리 쏟아지는 하루
주거니 받거니 속엣말 다 털어내
지나온 길 생의 사다리
오르락내리락 시소 한번 타 보기로 했다

이곳저곳 내면 깊숙이 파고 들어가
후미진 곳 속내 활짝 뒤집어 그늘도 끌어내고

구겨진 곳 끼어있는 먼지도 털어내고
찌든 때 닦아도 보고
삭은 곳 곪은 곳 어루만져도 주고
터진 솔기 찾아 얽어도 놓고

비누통 그 맹목

누군가의 허물 때
씻어내느라
온 몸
물에 불어 뼈 다 녹이고도

정작 제 몸 들일 곳은
덕지덕지 군더더기
녹을 대로 녹아
말라 살이 되어버린 저 얼룩

눈 코 뜰 사이 없는 수발
한 시 반 시
그 손 물마를 날 없어

손마디 벌겋게 달아오르도록
어머니 손톱 밑엔 빠져 나올 틈이 없어
평생을 물들이고 있는 저 검은 매니큐어.

빗물 받아 모아두니

연잎 밑에 오늘은
금붕어라도 몇 마리 띄워야겠다

비 오는 날
빈 통에 받아 모아둔 물
타는 여름 무시로 닥치는 가뭄에도
아깝잖게 쓰는 물
채마밭이 젖어 좋다

두멍이며 자배기 물 고을만한 통마다
부들 수련 부레옥잠
연잎 위에 물방울 굴리고 노는 청개구리
구경 나온 물잠자리 고추잠자리
집 안에 앉아서도 연못 많아
풍경 좋다

고무신 한 켤레

떨어진 감잎들은
마당 귀퉁이로 몰리고

풀벌레 소리는
저리 젖어 흥건한 강물인데

달빛 소복하게 담고 앉은
고무신 한 켤레만 새하얗네

올 사람도 갈 사람도
더는 없는

올 추석에도
그녀 뜰엔.

연을 날리다가

탯줄을 끊어 연줄에다 이었나
공중에 띄운 연鳶
행여 전깃줄에 감길라
나뭇가지에라도 걸릴라
바람이 낚아챌라 땅에라도 떨어질라

쥘 수도
놓을 수도 없어
당겼다 늦추었다
실타래에 감았다 손목에 묶었다

자녀를 바라보는 어버이의
연緣 줄이여
연鳶 꼬리에 달라붙어
떨어질 줄 모르고 따라가는 눈

솜사탕 같은 날도

뒷산 언덕
바람 쏘이러 갔던 날
풀밭에 앉아 놀던
어린 손자가
파란 하늘가로
얄팍하게 흩어지는 하얀 구름 보고

"할머니 저 구름 둘둘 말아
핥아 먹고 싶다
긴 나무젓가락 하나만 있으면"

강둑 미루나무 뽑아다 젓가락 삼고
흩어지는 구름 휘휘 감아
초여름 한나절 상상의 날개 끝 솜사탕 입에 물고
잔디밭에 누워서도 우리 조손은
하늘 호수 그 둘레를
몇 바퀴나 돌고 또 돌았는지

운동회 날로 돌아가 손에 손 잡고

학교 운동장 그 둘레는 또 얼마나 돌고 돌았는지

솜사탕 같은 젊은 날 그때 참 좋았는데

그 손자 다 자라 지금은 군에 가서 총자루 쥐고 놀지
만

제7부

당신의 뼈 한 대로

당신 갈비뼈
한 대로 얻은
내 한 생애는

푸른 강 가
드리운 생명 줄기 실한 꽃 뿌리였거니
하얀 날개 뻗어
하늘로 솟구치는 분수였거니

오색 꿈을 꾸는 무지개
그러나 밤이 오면 별을 따서
품고 싶은 철부지

바람 앞에선 영락없이 펄럭이던 불꽃
당신의 하얀 뼈
그 한 대로 얻은
내 한 생애는.

터널

우리는
터널 속을 빠져나가야만 하는 사람들

도란도란 서로서로 손을 잡고
때론 외롭게
쥔 걸음거리로
혹은 느긋하게

자고 새면 열려있는
하루의 터널

나도 몰래 들어선 이 거대한 터널
오늘도 출구를 향해
쉴 새 없이 달려야만 하는 우리는
아직은 터널 속에 들어있는 사람들.

에덴을 떠난 뒤

매화 산수유 미선이 목련
꽃들 걸어나오는 발자욱 소리에
몰려든 참새 굴뚝새 박새 할미새 딱새
이름도 알 수 없는 크고 작은 새들
비단 햇살 깔아놓고
잡을 듯 잡힐 듯 서로 비켜 날며 맴도는 춤사위

흥을 깰라
동산 안쪽에 발을 들이기는 고사하고
행여 그림자라도 비칠세라
눈만 밖에 둔 채 창문 안쪽에 숨어
잔기침 소리로 숨만 고르는
끝내 객석을 면치 못하는 이 봄날 이방인 나는

정상에 올라보니 보이더구나

지나온 길
어느 모롱이 어느 계곡이
후미지고 트였는지
계곡 물 소리
깊고 얕았는지

정상에 올라보니
산 넘어 산 뒷산까지도
어느 줄기 타고 흘러야 가파르고 수월한지
가까운 산에 가려 보이지 않던 길이
잘도 보이더구나

호렙산으로
느보산으로
때론 갈멜산에서 변화산에서
믿음의 선견자들

거친 길
생의 꼭지점에 오르고서야 내다볼 수 있었구나

하늘로 트인 길도

미리 볼 수 있었구나 사람이 가야 하는 길을.

어머니의 메아리

나 어렸을 때
동네 아이들은 어찌 그리도 많던고
해질 무렵 추수 끝난 넓은 들판
하늘은 온통 붉게 물이 들고
듬성듬성 서있던 나락볏가리 밑으론
회색 어둑발이 기어드는데도
놀이에 취한 아이들은
집으로 돌아갈 생각도 않는데

의례 그때쯤
노을 불타는 화염 밑 골목 여기저기서
온 동네 맴을 돌아
타작마당 놀이터로 들려오던 어머니들의 목소리
"어서 안 오나 어서 안 오나
해 다 져 어두운데 저녁 먹으러 안 오나"
그 많은 이름 속에 섞였어도
제 어머니 목소리 잘도 알아듣고
뿔뿔이 흩어지던 아이들
그런 때도 있었지

〉

나이 들어

먼 여행길

노르웨이 송네 피오르드에서

헝가리 도나우 강변에서

아크로폴리스 높은 언덕에서도

해거름만 되면 아직도 내 귀에 선연하던

어머니의 목소리

"해 다 지는데 무얼 하느라 돌아오지 않느냐"고.

예수, 다시 예수

목마르다 하십니까
목이 마르다 하셨습니까

이천 년이 넘도록

눈 비 상관없이
지붕 꼭대기 홀로 높이
불타고 계시는 분

뜨개질을 하다가

뜨개질을 한다
실타래에 감겨있는
실을 풀어내
한 단 두 단 짜 올린 정성 끝에
하나의 선이 평면이 되고 모양이 되고 기능이 된다
옷이 되고 모자가 되고 양말이 되고 보온이 된다

섭리의 뜨개질
천 갈래 만 갈래 나누어지는 길목에서
한 코 한 코 인연의 실로 서로
얽어두지 않았어도
익힌 낯 반갑다고 손 내밀기나 하였을까
얼싸안고 온기 나누기나 하였을까

외줄 탯줄에 감겨 혼자 나뒹굴어진 우리
앞으로 갔다 뒤로 갔다
순리를 따라 한 걸음 또 한 걸음
한 코라도 빠트리지만 않는다면
쌓아올린 성

우리는 그 안에 들어 오래도록 따뜻하리라.

기도

흙을 파내고
돌을 추려내고
암반을 뚫었다고 우물이 되는 것은 아니다

삽끝이
수맥에 닿기 전에는
땅에 구멍만 냈을 뿐
우물이 되는 것은 아니다

물이 스며나와 고일 때까지
파고 또 파고 파야 우물이 되듯
두드리고 두드리고 또 두드려
문을 열어주실 때까지.

까치의 새벽 기도

새벽 제단을 쌓으려나
이른 미명부터 깨어
종을 치는 저 까치

일용할 양식을 구하고 있는가
옷 한 벌
집 한 채로는 부족하다고

눈비 속 트인 지붕
우산을
구하는가

집 떠난 자식들
안녕이라도 비는가

은행나무 꼭대기
하늘 가까운
저리 높이 앉아서.

짧은 안목

이른 아침
남새밭 드는 길목
양옆 얕은 나뭇가지에 다리 놓은
거미줄
거푸 며칠을
내 거동에 감겨
찢어지고 말았네

좀더 깊은 데로 가서
그물을 내릴 것이지
밤이 맞도록 수고를 하고도
얻은 것이 없던 베드로여

한 발 더 내디딜 줄은 모르고
익숙한 자리
얕은 물 고수하다
빈 그물에 매달리는 나는 거미 또는 베드로.

달을 짓는 목수

그 큰 어두움 혼자 다 마시고도
늘 홍조띤 얼굴
밤마다
허공에 집을 짓는
저 목수

손에 든 연장 하나 없어도
쟁반보다 둥근 마음
환한 눈 두둥실 높이 떠 낮은 세상 밝히고저
저문 귀갓길 곤한 몸 돌뿌리에 채일라
꿈에만 부풀었지 세사 어두움의 깊이 어찌 가늠할까
다정한 어깨 밤길 연인들 애연하여

금가루 새벽하여 지은 궁궐
다 헐어 뿌려주곤
이 밤 또다시
깔아놓은 주초 기둥이며 벽채
밤잠 설쳐 보름이면 두둥실 높이 얹는 용마루

헐었다 지었다

얼마나 미련 없이 지우고 비워내면 저리도 환해 오나

마음 가벼우면 저리 높이 떠오르나.

해설

일상다반사로서의 시

일상다반사로서의 시

1

운이 좋아서 그랬든지, 누님께서 경상남도문화예술상을 받더니 연이어 문예진흥기금으로 시집을 낸다. 나역시 같은 기금으로 소설책을 출간한다. 자비출판 시대에 이게 웬 떡이냐, 그동안 열심히 써 온 덕분이라 생각하고 모아두었던 원고들을 정리한다.

누님에겐 세 번째 시집이고 나는 세 번째 쓰는 발문이라 그동안의 변화를 눈여겨 본다. 한 시인의 시적 변모는 세 번에 걸쳐 몽돌로 완성돼 간다는 이야기가 있는데 누님의 시는 이제 좀 둥글둥글해지고 있다는 느낌이다. 모난 시도 좋지만 몽돌 같은 시는 더 좋다. 다행이다. 나이 팔십에 달걀 같은 시를 쓰다니.

차제에 가족문학관 건립을 이야기한다. 두 집안을 합

하면 시인 소설가 동화작가 글쟁이가 다섯이고 그동안 낸 책이 도합 2백 권이 넘는다. 화가 음악가까지 합하면 열 명이 족히 넘는 예술가족이니 자료를 정리해 둘 곳도 필요하고 공동의 창작공간을 마련할 만하지 않을까. 이미 창작과 발표공간으로서의 〈풀과 나무의 집〉이 조성돼 있고 이름패만 내걸면 된다. 국제적 명소가 된 베트남 최고의 화가 탄 챙의 갤러리를 모델로 삼아서….

— 각설하고.

2

나이 들면 시가 풀어지고 만다.

시의 특성은 압축·생략에 있다고들 하는데 노인의 잔소리 늘어나듯 군더더기가 붙은 시는 재미가 없다. 긴장감이 없어지기 때문이다.

표영수의 시는 아직은 나이에 비해 긴장감이 있다.

그러나 어쩔 수 없이 행사시나 회고조의 시들이 늘어나긴 했다. 아마도 사회적 역할에 따른 변화나 인생의 지나간 나날들을 반추하는 빈도가 높기 때문일 것이라,

이런 시들은 시집에서 추려냈다. 아직은 본격적인 시를 원해서이다.

본격적인 시란 무엇인가? 순수한 예술 작품을 말한다. 작품은 창작이어야 한다. 창작은 현상과 상상의 조합이다. 회고조의 시나 행사시 같은 것은 극히 개인적이거나 목적성이 강해 상상의 여지가 없다. 시를 읽고 자유롭게 상상할 수 없다면, 무슨 재미로 시를 읽을 것인가. 시는 여러 갈래로 상상해 나가는 재미로 읽는다.

시는 쓰는 사람 다르고 읽는 사람 다르다. 이 두 관계에서 피드백이 이루어져야 한다. 두 존재가 갖는 감각의 차이를 극복하고 어느 정도로 편차를 줄이느냐에 따라 공감대가 형성된다. 독자와 공감하지 못하는 작품은 시가 아니다. 문예사조에 따라 너무 앞서 가거나 주관적인 시는, 문학사에는 남을지 몰라도 독자를 확보하지 못하게 마련이다. 적당한 관계, 적당한 선에서 합의가 이루어지는 이해관계, 쓴 자와 읽는 자가 공히 재미를 느낄 수 있는 시가 좋은 시다. 이런 의미에서 발문의 제목을 '일상다반사로서의 시'라 붙였다. 특별한 전위문학이 아니라 일상생활 속에서 얻은 시, 평범하고도 일상적인 시라는 이야기다.

3

『하루의 꽃』에 수록된 시들은 어떤 재미가 있을 것인가?

표제작인 「하루의 꽃」을 보겠다.

> 이 아침
> 또 하루가 거대한 꽃으로 피고 있네
>
> 깊이를 알 수 없는 뿌리
> 영겁의 가지에 맺혀
> 날마다 접었다간 다시 피고
> 또다시 접어 광활한 시공 꽃잎으로 펼쳐내네
>
> 부드럽고 따사롭게
> 맑고 환히
> 꽃잎 겹겹 포개어진 빛만으로도
> 찬란하고 눈이 부시네
>
> 성결해야 하리

발에 흙

날개에 묻은 먼지 털어내야 하리

이날 하루 무구無垢한 섭리의 꽃으로 다시 핀

광휘 앞에 우리는

이 꽃술에 맺혀 꿀을 따는 벌이거나 나비이거니.

　누님은 한 때 꽃집을 운영한 적이 있었고 지금도 온
갖 꽃들을 기르는 꽃 전문가이시다. 누님의 집은 '타샤
의 정원'이다. 일상으로 접하는 꽃을 통해 삶의 진실을
풀어냈다. 추상적 시간의 흐름을 구체적인 꽃의 피고
짐으로 풀어내는 일은 시에서 많이 이루어지는 일이기
도 하다. 그 하루의 시간이 우주적, 철학적으로 확장되
어 영겁의 시간, 광활한 시공으로 펼쳐지며, 그 속에서
하루하루를 살아가는 미물들 또한 찬란하고 눈이 부신
존재로 거듭난다.

　일상생활 속 평범한 이야기를 시라는 예술품으로 담
아낸 것이다.

　불이 붙었습니다

　전후좌우 상하 모공까지 다 열고

혼신의 사력으로 자기를 불태우는
아마릴리스

살점 튀는 분신 언저리
기름 끓는 냄새
검붉은 저 화염
차마 근접할 수 없어

개미 한 마리 나비조차
얼씬도 못하는
염천 꽃대 위 내려꽂힌
빛의 촉수에 터져버린 활화산

누굴 바라 그렇게 타오르는가
맹렬이 타오르는 열망의 꽃이여
신의 은총 중 가장 뜨거운 꽃이여.
—「아마릴리스꽃」

나는 그 중에서도 '신의 은총 중 가장 뜨거운 꽃'인
아마릴리스에 눈이 꽂혔다. 마지막 불꽃, 혼신의 힘으

로 자기를 불태우는 정열을 보았기 때문이다. 누님은 환갑이지만 시를 배워 세 번째 시집을 낸다. 활동도 시작에 못잖아 한국문인협회 거창지부장을 두 차례나 연임했을 정도로 적극적이었다. 이제 인생의 길을 다 걸었다고 생각해 쉼터나 찾는 나이에 모든 시간을 시 쓰는 일과 꽃 가꾸는 일로 보내는 모습을 보기에, 나는 이 시가 눈에 뜨인 것이다. 그야말로 일상다반사가 돼버린 시 쓰기, 그 시 쓰기에 맹렬한 불꽃을 느꼈기 때문이다. 시 쓰는 일처럼 좋은 반려자가 없다. 시는 치유의 일환으로서의 도구가 되기도 한다. 그런가하면 자기 기록이기도 하다.

헛간 추녀 밑
새끼 두 마리 까놓고
먹이 사냥 나온
박새 한 마리

나뭇가지며 거름 자리
마당가 해 그림자까지 뒤지더니
나무 그늘에 쪼그리고 앉았던

고양이 발톱에 그만

날 선 양날 톱니에 물려가면서도
입에 문 벌레 놓지 못하고
꺼져가는 불빛
희멀건 두 눈에 담겨있는 둥지 속 노란부리들

어느 날 선 작두날이 있어
끊을 수 있다하리
이 길고 질긴 인연의 고리를.
―「먹이사슬」

　시골에 살면 흔히 목격할 수 있는 장면이다. 우리는
매일같이 이러한 현상들을 보며 살아간다. 이렇게 태어
나고 살고 죽는 것이 생존의 법칙이다. 자연의 생태가
이러하니 인간사도 마찬가지다. 죽고 사는 것이 한 순
간이다. 그러면서 삶에 대한 연민을 느낀다. 다만 시인
만이 이 비극적 삶의 생태를 시로 풀어쓴다.
　시인의 눈이 이렇게 깨어있을 때 독자 역시 긴장한
다. 긴장해서 읽는 시는 맛있다.

마치 장자의 먹이사슬 우화를 연상시키는 스토리다. 생의 무상이 여기 있고 삶의 힘 또한 여기 있다. 서로가 서로를 노려야하는 자연의 법칙, 적자생존을 위해 싸워야하는 이유가 이것이다. 시인은 일상적 삶의 현장에서 생존의 법칙을 건져냈다.

세상 돌아가는 일의 기록이 역사라면 일기나 시는 개인사이다. 그 개인사가 일방적이고 사적 차원에서 써졌다면 읽을 가치가 별로 없다. 그러나 사소한 일상사가 공적 영역으로까지 확장되면 책으로 낼 가치가 생기는 것이다. 가장 개인적인 게 가장 공적으로 되는 것이겠지만 거기엔 어떤 의도가 있어야 한다. 책은 의도가 있을 때에라야 비로소 존재가치를 지니게 된다, 자비출판 시대에 존재가치가 별로 없는 책들이 쏟아져 나와 진정한 가치를 희석시키는 악순환이 지속되고 있다. 그렇다면 이 시집은 어떤 의도가 있는가. 무엇 때문에 사적인데도 공적이라고 하는가?

4

시집 『하루의 꽃』은 일곱 장으로 나누어져 있다.

대략 비슷한 내용을 담은 것들을 분류해놓은 편집방식이다. 일일이 풀어놓으면 독자의 상상력을 저하시키는 일이 되므로, 한두 가지만 살펴보겠다.

　　큰골
　　뒷산
　　꽃구름 피어오르고
　　뻐꾹새 구슬픈 날엔
　　그 아래 삐딱밭
　　감자밭 생각난다

　　감자 캐다 말고
　　감자알 같은 삼남매 치마폭에 담아놓고
　　먼 하늘에 넋이 빠져
　　감자밭골 퍼질고 앉았던
　　고모 생각난다

또 저 놈의 울음소리

연신 찬물 바가지로 들이키며

목구멍에서도 뻘컥뻘컥

뻐꾹새 소리 내던

손톱 닳아 반만 남은 큰고모 생각난다.

—「뻐꾹새 우는 날엔」

여기 나오는 '큰골 뒷산'은 지금 내가 살고 있는 '풀과나무의 집'이고 누님에게는 친정집이기도 하고 '감자 밭골에 퍼질고 앉았던 고모'는 내 고모이기도 하다. 이 고모님은 6.25때 남편을 잃고 평생토록 홀로 지내셨다. 전쟁통에 남편이 죽은 줄 알고 제사 지내기를 50년이나 했는데 느닷없이—북한에서 남편이 먼저 신청을 해—이산가족 찾기에 불려나가게 된다. 그러나 치매가 걸려 만나도 만남을 알 수 없는 사람이 되고 말았다. 수많은 이산가족의 현주소다. 이런 건 분명히 사적이면서도 공적인 역사다. 이런 사적이면서도 공적인 역사적 현실을 시적 소재로 삼는 것은 가독성을 높일 수 있다. 시를 쓰면서 가독성을 생각하는 것은 2차적인 시 쓰기이다. 1차적인 시란 일기장에 남아있으면 좋을 시이고 2차적인 시란 미지의 독자에게 읽힐 시를 뜻한다.

시에는 사적인 시가 있고 공적인 시가 있다.

개인사적인 이야기는 그 개인사에 걸맞은 체험이나 상상력 없이는 공감대를 가질 수 없다. 부득불 누군가의 해설이 필요해진다. 그게 사적 시의 단점이면서도 한편 매력이기도 하다. 힌트가 있어야 풀 수 있는 수수께끼 같은 매력이다.

당신 갈비뼈
한 대로 얻은
내 한 생애는

푸른 강 가
드리운 생명 줄기 실한 꽃 뿌리였거니
하얀 날개 뻗어
하늘로 솟구치는 분수였거니

오색 꿈을 꾸는 무지개
그러나 밤이 오면 별을 따서
품고 싶은 철부지

바람 앞에선 영락없이 펄럭이던 불꽃
당신의 하얀 뼈
그 한 대로 얻은
내 한 생애는.
—「당신의 뼈 한 대로」

　이 시는 개별적인 특수체험을 필요로 하지 않고도 공감대를 형성할 수 있다. 누구나 다 아는 보편적인 이야기이기 때문이다. 적어도 기독교에 대해서 조금이라도 아는 사람이라면 하나님이 천지창조를 하고, 인간을 만들며 처음 남자를 먼저 빚은 다음 그 갈비뼈 하나를 취해 여자를 만들었다는 이야기를 상기할 것이고, 이 시의 소재가 거기서 취한 것이라는 정도는 알 것이다. 이미 일반화된 이야기다. 보편화된 스토리는 따로 긴 설명이 필요 없다. 별도의 힌트가 있어야 할 필요도 없다. 비유가 무엇을 상징하는지 이미 정해져 있기 때문이다. 개별화된 사적 시와의 차이점이다.

　이 시집에는 이러한 보편화된 스토리에서 출발한 시편들이 많다. 개인사적인 자기 이야기보다는 독자를 의식한 공용의 시, 2차적인 시를 쓴 것이다. 앞서 말한 몽돌 같은 시라는 표현이 바로 이 말이다. 둥글둥글하니 누구나 읽고 이해할 수 있는 보편적인 시를 쓰기란 쉽지 않다. 누구나 알 수 있는 일반적인 소재를 가지고 특수한 감흥을 자아내게 만들기가 쉽지 않기 때문이다.

「당신의 뼈 한 대로」의 화자는, '당신의 하얀 뼈 / 그 한 대로 얻은 / 내 생애'라서 소중히 간직하고 정갈하게 지켜야 하겠지만 그래도 인간인지라 '밤이 오면 별을 따서 / 품고 싶은' 욕망에 사로잡히는 '철부지'가 된다. 한 치 거짓 없는, 숨김없는 고백이다. 여기 이 고백 속에 숨어있는 주체는 여성이다. 여성으로서의 고백이다.

독자는 이러한 여성적 고백을 통해 그리움을 자아내는 진솔함에 공감하게 된다. 여기까지 읽어냈다면 상당한 독자다. 시의 재미는 그 진솔함에 있음이다.

그렇다면 이 시집에서는 어떤 조리법을 발휘하여 발에 차이는 꽃이나 사물을 가지고 공감의 시를 만들어냈는가?

5

시는 사물을 보고 듣고 느낀 점을 쓴다. 그러나 보고 듣고 느끼는 점은 각자가 다르다. 이 느낌을 보고 듣는 데서 오는 피드백이라고 한다면 이 피드백은 각자의 인생이다. 빛의 굴절이 색깔로 나타나듯 보고 들음이 느낌으로 투영될 때 나타나는 반사의 각도는 각기 그 인생이 쌓아올린 인격에 가늠한다. 따라서 글은 곧 그 사람이라는 말이 생긴 것이다.

개인적인 체험의 소산을 어떤 소재를 선택하느냐는 각자 취향의 문제이다. 무엇을 어떻게 쓰든 시인은 시를 쓰고 독자는 시를 읽는다. 독자는 읽고 무언가를 느낀다. 시는 어떤 사실을 알기 위해 읽는 게 아니다. 느끼기 위해 읽는다. 커피를 마시듯 술을 마시듯 그 맛과 향과 여유를 즐기는 것이다.

누님의 시에서는 누님의 냄새가 있어 좋다.

개별적인 소재의 시에서는 개별적인 대로 보편화된 소재의 시에서는 또 그것대로 특유의 향이 있는데, 그런 걸 개성이라고 부른다. 누님은, 일단 사물을 보고 듣고 느낌에 남다른 감각을 지녔다. 시시콜콜한 생활 속에서도 인연의 고리와 욕망의 뿌리를 발견해내는 날 선 시선을 잃지 않는다. 아직 본격적인 시를 더 기대해도 좋을 것 같다.

명주실을 뽑듯 시를 뽑아 낼 수는 없을 일이지만 나이를 떠나 아직도 더 좋은 시 쓰기를 바라고 또 다음 시집도 기대하게 된다. 이런 전차로 서두에서 가족문학관을 만들어야겠다는 이야기를 끄집어냈다. 그래야만 서로가 서로에게 의지가 되어 보다 아름다운 작품들을 창조해내지 않을까 하는, 소박한 꿈이다. 내가 쓰는 한 편의 시와 소설이 누군가의 슬픔을 위로하고 고통을 덜어낼 수 있다면 쓰는 고달픔 정도는 이길 수 있지 않을까. 얼굴도 모르는 독자들에게서 아직도 종종 위로와 감사의 메시지가 오는 것을 보면 시인에게 있어 글 쓰는 작업은 멈출 수 없는 천직인가 보다.

쓰다 만 공책 하나가…

쓰다 만 공책 하나가…

언젠가 엄마의 방에 간 적이 있다. 엄마는 어딘가 잠시 나가셨는지, 텅 빈 방 책상 위엔 쓰다 만 공책이 하나 놓여 있었다.

공책에는 연필로 쓴 시가 적혀 있었다.

당신 갈비뼈
한 대로 얻은
내 한 생애는

푸른 강 가
드리운 생명 줄기 실한 꽃 뿌리였거니
하얀 날개 뻗어
하늘로 솟구치는 분수였거니

오색 꿈을 꾸는 무지개

　그러나 밤이 오면 별을 따서

　품고 싶은 철부지

　바람 앞에선 영락없이 펄럭이던 불꽃

　당신의 하얀 뼈

　그 한 대로 얻은

　내 한 생애는.

　시집에 실린 「당신의 뼈 한 대로」이다. 물론 그때, 엄마는 아직 시인으로 등단하지 않았고 그냥 습작 수준이라 지금의 형태를 갖춘 시는 아니었다.

　공책 위로 눈물이 한 방울 떨어졌다. 나는 얼른 옷소매로 눈물을 닦아냈다. 그러나 한 번 터진 눈물은 좀체 그치질 않았고, 기어이 나는 내 설움까지 담아 소리를 내어 꺼이꺼이 한참을 울었다.

　6.25 사변이 막 지난 시절에 연애질로 소문났던 두 분. 달밤이면 달래강 가에서 휘파람으로 세레나데를 부르고, 온 동네방네 사람이 다 들었다는 엄마의 갈비뼈, 내 아버지의 낭숫대 연가…

오십 년도 넘은 그 이전

진눈개비 바람에 뒤엉키고

아래턱이 까불리는

비선거리 지나오는 시오 리 하학길에

가슴에 품어와

그가 꺼내주던 종이 봉지 속 따끈하던 붕어빵

혼자 걸어 온 숱한 겨울 시린 혹한에도

길 가에 팔고 있는 붕어빵

보기만 해도 그때 남은 온기로

내 마음 화덕 앞에 앉은 듯 달아오르고

전류에 쏘인 듯 더워오는 피

―「붕어빵 그때 그 온기로」

　그리고 붕어빵만이 아니라 사랑하는 사람의 모습과
연인이 사는 집을 그림에 담아내고, 마침내 온 삶을 자
신의 갈비뼈를 향해 집중했던 그 사랑과 그 사랑에 대
한 기억들… 엄마는 그 사랑을 그리워하며 '남은 진액
다 뽑아 시퍼렇게 일구던 뒷밭 긴 이랑/ 염천 폭염 새
하얗게 이불 펴 깔고 누어/ 깃털 하나 남겨두고/ 어디

로 날아갔나 텃새 한 마리(「날아간 텃새 한 마리」 중에서)'를 뼈 속 깊이 그리워하고 있었다. 쉰 나이에 그 사랑을 잃고 홀로 된 엄마의 외로움과 그리움이 공책에 적힌 시의 한 획 한 획마다 남은 온기로 배여 있었다.

나는 혼자서 실컷 울고 엄마의 방을 살그머니 나왔다.

그 후 나는 엄마한테 詩를, 남은 평생의 반려자로 만나기를 적극 권했다. 그리고 마침내 쓰다 만 공책에서 시작된 만남이 이렇게 세 번째 시집 『하루의 꽃』으로 피어나게 되었다. 혼자만의 사랑과 그리움에서, '자고 새면 열려있는/ 하루의 터널// 나도 몰래 들어선 이 거대한 터널/ 오늘도 출구를 향해/ 쉴 새 없이 달려야만 하는 우리는/ 아직은 터널 속에 들어있는 사람들(「터널」 중에서)'인 우리 모두의 그리움과 성찰로 거듭 피어날 수 있어서 참으로 기쁘다.

하루의 꽃

1쇄 발행일 | 2018년 08월 31일

지은이 | 표영수
펴낸이 | 윤영수
펴낸곳 | 문학나무

편집·기획실 | 03085 서울 종로구 동숭4나길 28-1 예일하우스 301호
이메일 | mhnmoo@hanmail.net

출판등록 | 제312-2011-000064호 1991. 1. 5.
영업 마케팅부 | 전화 | 02-302-1250, 팩스 | 02-302-1251
ⓒ 표영수, 2018

ISBN 979-11-5629-076-6 03810

※ 이 책은 경상남도 문화예술진흥원의 문화예술지원금을 보조받아 발간되었습니다